珞珈诗派

第二辑

李少君　陈作涛　主编

中国文联出版社

礼物

陈翔

著

作者简介

陈翔

1994 年生于江西抚州。
毕业于武汉大学新闻系。
曾获草堂年度青年诗人奖。

目录

1. 此处的生活

2. 少女与甜

3. 城市和白鸽

1.

此处的生活

礼物

在我生命中疲乏的时刻，
常有偶然的幸福降临：
当夜晚穿过墓碑的工厂，
来自未来的风，指引我离开。

它乍现，仿佛云端的灵感。
而我的身体是一杆瘦弱的笔，
在不死的天空投往城市的
黑色复写纸上，来回移动。

我用夜鸟的韵律写下树的隐喻。
笔直的秩序间，建筑的方块
被街灯读着，斑马线的白色短句
分行。水底的月亮：句号。

黑暗中，仍有闪烁的事物浮现——
一位水晶般脆弱、洁白的
少女，她胸前的金色项链
如一段高贵的真理，教我低下头去，

寻找立锥之地。从天桥向下看
坐在汽车公墓里的幽灵

被信号灯拦截，末日一样静止，
躺成淤塞河道上漂流的棺木。

电梯上升。灵魂像体重秤上的指针，
倏然颤动。我攥紧一道银色闪电
（通往欢愉的临时入口），轻轻旋转，
钟表般精密的艺术就再一次复苏。

在室内，有时我也感到天空的悲哀。
当我步入书的丛林，伸出双手，
没有星辰迎接我。只有
长夜的酒精（这异乡人的安魂曲）

和窗台的风。我坐在飘扬的旋律中，
像飞倦的燕子栖在北方的巢穴。
江南，此时小得像一枚分币，
从我无用的口袋里跌出……

但这已足够。长久以来的
风，教我忍受被剥夺的生活，
教我倾听：即使一无所有，
那可能的未来，仍在近处。

2016

在夜间超市

两名理货员以钝角的速度
驶过我。他们身高接近，
前面的，比后面的年轻。

横亘在他们中间的，
是购物车绵延的山脉，
灰色的山，坚硬而干燥。

两代人身穿同一套制服。
那磨损的橙色，如果皮
裹住生活最隐秘的核心。

他们要把这些山，驱赶到对面的
地下仓库，这得花点时间：
他们缓缓前行，像佝偻的风

吃力地转动着这个夜晚的舵。
偶尔他们停下，为自己，
也为背负的家族喘气——

一次拐弯就是一次祈祷，

绕开路障就像绕开噩耗。

他们继续走，驱赶自己的命运。

2016

擦玻璃的人

分享阳光是他每天的工作。
举起毛刷，擦洗玻璃，
他也在擦洗镜中的自己。

小心地把阳光放进去；双手越来越重，
身体越来越轻。触手可及的天空
像垂直的湖，在他面前闪烁。

那些灰暗、扁平的云朵，
经由他手掌，一点点变白，
像落在童年画纸上的雪。

漫步在云端，他时常进入
一种坚硬的冥想；寂静和风
是这洁白的劳作中唯一的颜料。

他抚平玻璃脸上的皱纹，手掌下
天空以方格的速率变得清澈。
但挽留住时间，却衰老了

镜中的人：从一片空气滑向另一片，
踩着夕光摇曳的雪橇，同蝙蝠一起

消失在水底火焰般柔软的暮色——

告别的时刻已降临。垂下双手，
他离开这座熄灭的玻璃森林。
树，正在失去最后一片叶子……

2016

弟弟

弟弟走在他身后，
像一个比他高大、瘦弱的影子。

童年的床板，如今已变得狭窄。
但从前许多个冬夜，他们
并肩躺在上面，十指紧挨一起，
如一对青梅竹马的恋人。

现在，当他们走到陌生的街头，
手臂不经意地触碰，彼此
却像陌生人那样慌张地（同时熟练地）
低下头，低声说：对不起。

同样的姿态和动作，使他们
看上去像一个人的复制品：
眼睛、笑、时刻不知放在何处的
手，还有点烟般下意识的轻叹——

他知道，这是多年共同生活后的邮戳
（亲密的见证，也是亲情的后遗症）。
此刻在风中松开步伐，他发现：
四周同时有四个自己在走。

他曾经多么害怕：弟弟
会变成另一个自己。
正如他如此恐惧
成为和父亲一样的人。

（一个生于小镇、死于小镇的男人
一个抽烟、喝酒、赌博的男人
一个喜欢吹嘘自己的矮小男人
一个生气时把儿子的头撞向泥墙的男人）

站在都市的旗帜和雪白的橱窗前，
他感到一种明亮的安慰：仿佛渴求的
光倾洒头顶，那样悲哀地快乐，
接近于一个无家可归的幸存者。

弟弟跟在他后面，紧紧地
像太阳投下的一道阴影；
可他还不熟悉未来的生活，
无法说出更多的真理。

弟弟的手臂仿佛第六根手指，
当他牢牢握住它，划过车灯的海——
他忽然怜悯起父亲的重负：
两个人无法像一个人那么轻盈。

他走到弟弟跟前，
守卫起这个比他高大、瘦弱的影子。

2016

邻人的咳嗽

夜色如壁虎趴在窗前，
我与它对坐，凝视它古老的眼睛。
忽然，从哪里传来一阵咳嗽：

那声音——从束口麻袋里
钻出来许多条吐着信子的蛇——
从不同方向漫入我的房间。

四面墙壁被这些黑色闪电
占领了，它们起伏的声浪，
汇聚成一道道惨白的嘶吼。

隔壁女人在嬉笑：笑声
飞蛾一样在音乐厅中穿梭，
她和某人正跳着舞，还有酒。

悲欢并不相通[*]——中间的墙
将它们隔成两个国度。但咳嗽声继续
音乐一样加大，无法停止。

---

*　引自鲁迅《小杂感》。

如此幽暗的挣扎。我似乎能看见：
痛苦已压弯他的脊骨，逼迫他跪下，
贴紧地面，在大地跃动的怀抱中

喘息。生命中无法转让的脆弱，
常常这样震动我的肉体。
而我所做的只是等待，并不更多——
一场同样的风暴在我的深处成形。

2016

一种幸福

很晚了。我们离开那家书店，
你怀里抱着书，像一位年轻的
妈妈抱着领养的孩子。

一些古怪的念头教我沉默。
但外面的风，催促我们急速
转向：街头上涌的人海。

每个人都在寻找惊奇的节奏。
置身于焦灼的旋涡中，
从你手掌我感到一种平静。

我想，我们也可以拥有幸福：
我和你，和书的家庭生活——
互相愉悦又保全孤独。

2016

水泡

比身体其他部分更白、更危险：
隆起的小山脉，椭圆形，
漂浮在掌心的洋流上。

这些立体、离散的点，
多给它们一些光，
就变成游移变幻的冰山，

在巴掌大的地图上，
在掌纹裁定的海陆间
涌现，确立新坐标。

我摩擦着它们，从曲线的
运动中寻找切点。阳光下，
我的手掌和一片叶子没有区别。

当载满水的岩石凸起，
透明，圆顶，接连着，
像一个又一个标点。

很难忍住不去破坏，尽管
它的痛到底是你的痛。

用手指做成镊子，鹰爪般

紧紧揪住这些球体，
将毛细血管从地表
剥离，叼到半空

又重重坠落：
一小片瘪了气的红色
滞留在水面。

2017

一种生活

掌握"丢弃"这门技艺并不难[*]。丢掉
一箱读过的书，因为不会再读；没读完的
也丢掉，没时间读了。丢掉过去的
手表，它没错，只是不再新鲜；丢掉
一沓病历单，仿佛疾病随之而去。丢掉
枕头，将恋人曾经的吻也丢掉；丢掉
穿旧的衣物，你看得出时间是怎样把我们
一点点磨损。丢掉墙上的地图，没去过的地方
就当作不存在；丢掉那双去过纽约的鞋，
这样下次去还是第一次。丢掉流水似的发票，
就好像钱从没花过；丢掉莫名其妙的硬币，
它们孩子般出没在每个角落，过于顽皮。
丢掉坐瘪的沙发（事物已不能恢复当初），
把自己一部分的轮廓也丢掉；丢掉
那些从未寄出的信，这样一来就算是寄了。
丢掉一场音乐会的节目单，尽管音符还缭绕，
我想象自己就是钢琴大师，弹奏出斑斓的音色；
丢掉镜子，丢掉对另一重世界的幻想。丢掉
那幅画，原本它将代替我们多活几次；丢掉
那些未完成的诗，现在，它们已不必完成。

[*] 引自［美］伊丽莎白·毕肖普《一种艺术》。

丢掉缠成一座迷宫的电源线（"往事与随想"），
既然解不开又不能剪开，无可奈何；
丢掉没撕完的日历本（不必感伤），
终将到来的这一天，只是提早来到。
最后打开窗子，丢掉昨天的空气，
也顺便丢掉昨天的记忆。拍拍双手，
好了，全好了，只剩下一个"现在"——
过去的房间，已坍缩成行李箱般大小的存在，
被我随身携带着，再次住进新的场所。
当我不说，没人知道过去曾发生什么。

2018

和父亲整理我的藏书

奥德赛、伊利亚特、本雅明、博尔赫斯……
父亲坐在这些名字上，不知该怎么办。
书太多了，出租屋的天空已被压弯。
他抽烟，鼻孔喷射出一团团云朵。

室内像一个高压锅，扣压住我们。
这里的空气，和悲哀的童年没有分别。
那时，我们也这样坐着：静静地，
父亲在云端，我在门外。

松弛在书堆和书堆里的父亲，被我读着：
他的腰痛，额头的犁沟，黑色的痣，
粗大的手，还有指甲缝里的泥。
我读着他，像读着一块田野。

童年的家是一具烟盒，父亲躺着，
抽着自己，抽着我们的命。二十三年了，
我好像从未认清这个男人的面孔。
（二十三岁时，父亲已有了我）

你拍拍我的肩。于是，我站起身，
像神话的阿特拉斯搬运天空。把那些

方形的内脏，掸去灰，输入一个个
纸箱。如同把死亡，输入一副副棺椁。

你读着我。我在地板上摊开身体，
像一册幼稚园的大字本。你读着
我的房间，鼻炎，微微弯曲的脖颈。
你说：应该 / 不应该；我说：是 / 不是。

父亲，多么遗憾。多年来，
你是盲的，从来看不见那伟大的教诲。
生活是你骄傲的大学（自由是我的）。
我来了，看见了，听见了，却还不能信。

父亲，沉默吧……
尽管我是你的回声。
两代人的沉默，多么美好。
什么都不说，什么都明白。

2018

在国家图书馆

我回到上一次离开的位置
像乐手回到他中止的乐章

在倾斜的光焰里
我的书躺在桌上
仿佛一只敛起翅膀的鸟

这些羽毛般绵密的长短句
被我的手掌翻动着
阳光赋予它们金色的重量

没有风，我的视线
行走在这片深秋麦田里
如一把镰刀辨认它的命运

在午后阳光下
世界是新的是盲的
事物毫无目的地美丽

一种明亮的喜悦震动了我
仅仅因为活着，没有死去

2018

墙上的窗

推开窗，我得以领受：
　　这一天中最好的阳光。
天空并不吝啬与我分享
　　它的蓝；乍起的风
吹动帘幕上开放的花朵。

外面多彩的旋涡，经由
　　这道画出来的轮廓，一一呈现。
我走近它，触摸它奇迹的
　　颜色，如盲人在摸象中恢复视力，
如火光在深夜的深山中点燃。

我把窗推向想象力的更深处，
　　墙面豁口，于是开得更大：
更多光线、风和形状
　　涌入，闪烁在空无的房间里
像一片波光粼粼的湖——

我置身其中又不在其中；
　　我被淹没，同时被拯救。
阳光下，万物的身体盒子般
　　打开，容纳芳香、音乐和色彩；

我是一个词，和其他所有词并置。

多边形的窗：一张虚构之网；
　　流动的曲线，支撑它不破裂。
世界：空气、建筑和光，全被网住了；
　　我在网的另一面，看这幅凝固的画。
（我何尝不是一条网中之鱼呢？）

这是白昼专为我编织的图景：
　　光和寂静的迷宫，多么迷人！
它曾令我在幽暗的夜晚歌唱，
　　教我以为心和心之间没有墙；
但这一切，不过是痴人的想象。

一切，事实上尚未发生。正如
　　那道裂痕（光照进来的地方）*
并不存在；没有窗，我独自承受
　　四壁的重量和内向的挤压——
四面黑暗的闸门，铡刀般落下：

黑将从石头中榨出鲜血，
　　黑将从脑袋中取走痛苦。
外部的黑暗和自身的黑暗相融，

*　引自［加］莱昂纳德·科恩《颂歌》。

压缩成
四方画布上紧闭的油彩。

2019

在绿色阴影下

绿叶环绕成屏风，将时空
分隔。像小说中的角色，
他和她坐在小区公园里。暗夜，
无人：对面楼房亮起窥视的灯。

他细数这些眼睛：这些黄的、白的
侦探，一二三四……像细数硬币，
把自己也数清楚。另一个人正在看他，
他不敢掉转头去验证。

"绿啊，我多么爱你这绿色。"此句
恰好用来形容此情此景。他抬眼
望见上空，枝叶横、斜，从空气的
花瓶中逸出：重重叠叠的幽灵……

而她坐在这个夜晚的另一边：
一株杨柳，任凭水做的肉身
穿过四面风，如一根无名指
穿过一枚戒指磨损的边缘。

中间空缺的部分，是她的悬念：
爱是否可能？是否被允许准确地表达？

但更多问号被遏制，不能动弹，
仿佛蜜被粘在蜘蛛网上。

马路口的世界是另一重剧情：光
代替他们，走向上升的现实。那里，
他有一份工作，她有丈夫和孩子；
穹顶的绿色，许诺将庇护他们到永久。

2019

左右

那个喝醉了酒的人，是我：
我的右边，今夜比左边轻一克。
走在昔日路途上，我倾斜地
迈开步伐，像九月秋风中的孕妇——
都怪我，多喝了那一杯酒——

星空在我面前变了样，整个儿地摇晃。
我的双脚稳稳踩住：生活的高空钢索。
它的腰肢过于纤细，一次只能承受
一半重量；有时是"左"，有时是"右"。
我不得不完全抬起一侧，

并忽略另一侧存在。虚幻的
观众为我的腾空喝彩，然而我知道
那不是真的。那不是
真的生活。在真实的部分里，
人们只是坠落，坠落……

2019

钢琴师一九零零

外面是海的暴行：狂风，骤雨，
闪电，雷鸣。室内是音乐，
人们漂泊在音浪的中心——
只要有音乐，世界就还能继续。

他用十指敲击着空气，
让多情男女流下泪水；
他把一架钢琴弹到燃点，
两根琴弦间，烧着一支烟。

一生在海上，从生到死，
他的命运是一连串数字：
由蓝色波浪构成，从零到一
又重新归零，好似不曾存在。

双手之下，是八十八根
琴键，也是一具黑白肉身，
一门赤裸裸、形而上的学问：
他尽情弹奏，并将她扩充。

弹吧，不去管明天。
不去管外面惊涛骇浪，不去管

结局死于洪水滔天，不去管
一生是否比一把小号值钱。

弹。在飨宴时，在炮弹时，
在花明时，在柳暗时。
弹。纵使相聚，纵使别离，
纵使穷途，纵使末路。

现实在对岸：纽约莫特街 27 号
一家鱼店。那里，有位钟情的少女
在等他回去。一张餐桌，一双酒杯，
白净的灯，羞赧的脸……

脑海里，他反复触摸过这片场景，
但无意靠近；站在尘世的门牌前
猛然停住，像一位雕塑家
凝神打量雕塑，然后决心拆毁它。

那是海之外的海市蜃楼。
从海水尽头，连绵到另一片海。
城市无穷的海域，向他张开：
一个带有豁口的拥抱。

海与岸，真实与幻象，
〇与口，有限与无限。
他伫立在两者间倾斜的船梯上，

如一块顽石，静止在河流中。

他还是折返。继续弹，继续过：
一种最低限度的生活。只需要
一小块面包，一杯水，就足够。
"弹下去。只要弹，希望就不灭。"

2019

瑞典

礼物
此处的生活

和你约定去瑞典，可是我未赴约。
你在阴天起飞时，我没去送别。

一旦出发了，就不能再回头——
一片诀别的海，隔在你我之间。
瑞典，一个多遥远的名字啊，
更远的北边，是世界的终点。

与瑞典有关的一切，都让我想到你。
一个多音节的词——像一辆旧汽车
七拐八弯，最终驶向正确的路线
——我就是这样地想到了你。

2019

猎雁

你，一只秋天的灰雁，
你来——诱惑我——加入
你们的行列。

好些年了。每到秋天，
洪水上涨、漫过沙岸……
你就来，和你同伴一起

嘲弄我。你了解，身为猎人
的怯懦。是的，你完全了解：
一次偶然的善举，

就足以打动我。而我
对此从未开过口，只因
我的音调，始终如秋风颤抖。

我那炽热、羞于启齿的胃，
能同时消化药片和石头。
我什么都吃，可总是吃不饱。

它长出来了；在咒语中无限变大，
像身体的第三只手——在秋天，

我多想用斧头，将这累赘——

一刀砍断。但我不能；它是我
心的脊骨，是"生"的那一"｜"
支撑我在地狱和天堂间往返：

去变得跟你们一样，变成一只雁
受制于大地之母的引力
在茫茫荒野间排队——

还是如伊卡洛斯般，孤独地
飞，飞向太空和不朽
尽管注定坠落、毁灭？

我没有答案；我只有一颗子弹。
我可以一枪崩了这秋天，
和你，和我惨败的肉体。

2019

异化的狂喜

九点的太阳射入他的梦。
是时候起身了，去另一个地方。
他用牙刷清洁旧齿，换一副新装束；
躯壳走出房间时，灵魂还留在床上。
没关系，未来只是个捉弄人的游戏。

当下午茶的小推车驶来，
他知道，这是难得的幸运时刻。
这么多、这么小的玛德琳蛋糕……
挤满通红的眼眶。（抱歉，亲爱的，
我并非埋怨你，我还有力气耕作。）

傍晚的食堂：女人怀抱两枚香梨，
像手持一对玩具；无所顾忌地来去。
"我用我棕色的眼睛剥光了她。"*
（女人，你是否晓得，你毫不在意的
模样令人痛苦，更激发我的狂想？）

走出玻璃门，已是深夜。迎面：风
吹拂这炎夏普通的一日。明月降临，

---

* 引自［巴西］卡洛斯·德鲁蒙特·德·安德拉德《米纳斯舞厅》。

和此前每天都一样。旋转楼梯
把"有"摇向"无"。他沿台阶而下——
堕入这样的夜色中，忽然渴望熄灭。

2019

凿井

向下，向下，向下
挖，下到黑暗的井中，
下到井的最深处：
一点一滴，等待灵感的泉水

涌出。我们必须先找到
一块属于自己的领土；
必须承认，一些复杂的事物，
从一开始，就难以开垦。

劳动把灵魂咬得血迹斑斑，
双手和耐心，同样被磨损；
我们衣衫褴褛、失魂落魄，
但绝不应放弃——

继续向下。凿井之手：凿动
记忆，也凿动记忆背后的个人。
心灵的剖面，更值得一探究竟。
我们挖自己，也挖别的许多人。

向下，不仅仅是凿开泥土，
掏空一个深海的世界；

也是不断下沉，沉到思想
最底部，接受逼仄的拷问。

速朽的肉身，笔直地插进
另一重空间；制造欢愉，
同时带来危险。我们选择
继续深入，即使面临塌陷。

凿井，如在地图敲一枚铁钉。
骤然疼痛间，存在得以确认。
"此地即彼地，他人也是我"；
所有井终将相连。在此

之前：置身于黑暗的井中，
向下，而不是向上爬；
从堕落中，完成飞升，
在劳役中，掘出自由。

2020

在雍和宫

春天的云教会我们恐惧：
变幻易散的小东西，多么令人
难以捕捉。黄昏也是如此，
这偷来的时间，一滴滴消逝……

蝉鸣螺旋式上升，当夏之帷幕
如乌鸦的翅翼斜着俯冲下来——
上和下，把夜色挤压成一个海
平面；我们在深海中散步、交谈，

浑然不觉。红墙隔开佛像与麻将桌，
地面尘土与天穹苍绿的树盖
一样繁重。置身于古老的二分法，
我们谋求平衡的技艺。风暴

仍在酝酿：两片比身躯更高大的
影子走在前面——再往前，是一盏灯
如鹤般意外、孤绝、闪现——
驱赶着我们，闯入更深的街巷。

2020

醒来

下午阳光照进房间
金黄色的光线充盈空气
我躺在一张床上做梦
身在一个金黄色的拥抱里

这一刻世界如此静
像玻璃窗有了隔音效果
把一切喧嚣都阻隔在外面
把这片小天地变成一块飞地

我不知道静还能持续多久
我企图伸手，握紧这时刻
它像一只徐徐振翅的蜜蜂
在巨大吊灯下平静地飞

我想要把它装进玻璃瓶里
为它设下一个光明的陷阱
但在午后光线的急速退潮中
蜂鸣一点点变暗直至消失

邻人的闲言，孩子的哭闹
短促单调的汽车鸣笛，渐次响起

那声音并非来自外面
而是伸手不见五指的内心

2020

又到雨天

雨天，或者说厄运
会暴露一个人的本质
正如雨水冲刷后的泥地
会发白、发亮，变得干净

我天性的保护伞
始终提醒我：我来自哪里
这是一把紫色的伞
本应由丝绸制作（却变为塑料）

又到雨天。我撑开这把伞
伞面上写着"某县某专卖店"
它指向：一个躲在伞后的南方小镇
父母正在一片雨景中吆喝

而我在北方广场上漫步，如此
安闲。我路过这古都的中心
这银灰色的都市，内心
充满秋天枯死的梧桐树

我路过这街道，匆匆地（几乎滑倒），
像一场盛大宴会里边缘的注脚

一个无足轻重的音符，轻轻擦过

地面，不会惊起任何注意

2020

砂糖橘

午后，我拎一袋橘子回家：
十几个金黄、不规则的椭圆体，
挤在一只四角鼓起的密封袋里
来回碰撞，发出沉闷的声响。

冬天清冷的光照进白色塑料袋，
空气像秋水时节涨满的河道：
橘子游动起来，色彩亮丽；
一条条悬浮在空中的热带鱼。

假如我买的并非橘子，而是土豆，
生活的步调是否会因此起变化？
虽然，命运里一小段旅程的差异
并不会影响最后的殊途同归。

我剥开橘子皮，一口口吃下
这蜜制的、精巧的结局。
生活到底是苦的，但也有甜时。
我从冷食里尝到了暖意。

2021

玻璃旋转门

一

母亲擦拭着玻璃板。
在旋转门的隔层中间，
有一个高大的花瓶。

旋转门在转，母亲也在转。
两扇玻璃间的花瓶，
似钟表的指针前行。

母亲放低身体，蹲伏着，
像刈草的工具。双手伸开，
触碰那层厚重的玻璃。

她手中蘸湿的抹布，
仔细地舔舐玻璃上的尘土；
而脚步，紧随着花瓶转动。

在低空，她回旋的足迹
弯弯曲曲地画出：
一个带水渍的圆。

这是永不停歇的运动。

母亲追逐着花瓶，
如箭矢追逐着靶心。

我不愿告诉她：
那玻璃是牢不可破的窗，
而花瓶中的花束是假的。

那是照耀她一生的太阳，
梦幻水晶般的巨石。
就让她继续绕它旋转吧。

就让她怀抱希望，不舍地
追赶每一个近在咫尺的春天：
它不会到来，也就不会凋落。

二

很久了，我擦拭着玻璃。
身体的重心转移到手掌，
除了眼前的玻璃，
我再改变不了其他事物。

玻璃的背后是天空。
隔着玻璃，我擦拭着天空。
现实无法触及幻象，
中间横亘一层玻璃。

天空——玻璃——我，
也许只有玻璃才是真实的。
天空是蓝色的假面，
而我是一个劳动的躯壳。

我继续擦拭玻璃和天空；
母亲也曾这样擦拭过。
是的，母亲怎样活过，
我也将怎样活着。

是玻璃，把我变成
和母亲一样的人，
又把那些实现不了的东西
变成一面遥远的天空。

玻璃背后的天空，被我擦拭，
但永远不会变得透明。
就这样，我始终隔着玻璃
在观看，生活，然后是遗忘。

隔着这层不可逾越的真实，
我弯下腰，屈膝在地面上，
使用来自母亲的手掌，
反复地擦拭对面的世界。

2021

迷失

那是一些声音在响，
不知道是什么声音。
那些声音弥散在空中，
仿佛湖面泛起的褶皱。

一阵风吹过，树林间
绿色的脉搏颤动。那旋律
仿佛一直潜伏在这里，
等待我某天穿过林荫道。

那是来自别处的声音，
从道路尽头涌来。
那声音听上去很美，
像某种黄金和天蓝的混合。

在这个枝繁叶茂的清晨，
我像迷路的羊群，找不到
牧者。深陷久违的宁静，
我还能呼吸，却无力消受。

我像一个握不住笔的孩子，
一字、一句地镌刻着

某种心爱的、易逝之物。

唉，但究竟是什么在消逝？

2021

五月来信

这曾是一条熟识的道路，
如今却完全变了内容。
花朵无辜，在阳光中盛放，
鸟儿不留意，依旧鸣啭。
它们还未听说最新的消息，
不知道美的戏剧已经暂停。

这是春天将尽的时刻，
整条街空旷得像一座海。
走在几乎掏空的海底，
如同走在一座僻静墓园。
两侧建筑的墓碑林立，
仿佛信徒忏悔跪倒在地。

这里的生活永远是星期一，
今天循环播放着昨天。
而我已厌倦杜鹃的哀鸣，
习惯退回书籍的洞穴，
习惯把现实变成一朵云，
挂在高高的窗边。

2022

绿灯笼

绿叶制成的灯笼
庞大而轻，沿树干攀升
停泊在傍晚的天空

街灯：一颗心孤悬
代替了明月。黄色的火焰
点燃黑暗的灯芯

四面无形的壁，浮动着
镂空花纹。叶片青翠
在暮色起伏里波光粼粼

空气像一张玻璃纸
被揉成圆柱形，音乐般
笼罩这明暗的变幻

一年中最动人的夜晚
滞留在语言迷失的中途
欢乐隐隐作痛，如春叶

滋长。绿灯笼，绿灯笼
一盏玲珑剔透的梦

因静默而变得纷繁

你像孔雀开屏展览孤独
春风从四处赶来
拂动翎羽间悬挂的谜

为何总是这样？夜色忽然
明亮，往事忽然追忆
一只绿灯笼在虚无中升起

2022

2.

少女与甜

安迪·沃霍尔镜头下的少女

大厅空了，四周只剩下我们。
九张脸像九面镜子挂在墙上，
映照出一个昏暗的环形空间；
我在里面漫步，像一匹马走入黄昏。

低头抽烟的鲍勃·迪伦
和对镜头喝可乐的娄·里德，
分别被安置在她的左和右；他们
对外部闯入的秩序从不在意。

只有她，察觉到我眼底的空虚。
隔着无法穿透的灰色，我们互看：
一对虚构的情人；我想象她静止的
欲望，如一件半明半暗的瓷器。

在她短暂而循环的凝视下，
我变成一种静物——
尽管还能思考（只要我愿意）——
变成她闪动的世界里一小扇黑暗。

半个世纪过去。我知道了
这位少女的名字。用于凝固流水的

摄影术，替每一位观看者保存了
这段持续四分钟的爱情，还有

她曾经耐心、甜蜜的试探：
眨动双眼，睁大，颤抖着
松开两片唇，又像蚌壳那样
收缩，轻快地咽下缄默。

这无声的对白与光……
来自 1964 年的美的震颤。
注视中，我感受到了引诱；
即使时间巨大的发条在天空拧紧。

我无法就此离去，既然
辨认出她的美属于永恒；
我也无法靠得更近：她永恒的
美本身，就是一种拒绝。

2016

拿洋娃娃的少女

木椅盛放着她的美，似乎
美，也是一种静物。
在暗红色的梦中，她坐下，
直起身，身体像一把伞，
渐次打开；椅背支撑她
柔软的伞骨。根根手指
环绕易碎的洋娃娃，像一束词
环绕少女的心。她把它
抱在胸前，如一桩心事。

倚坐在寂静中，她颀长的上身
缓解了画布；种种色彩落下，
有的在开花，有的在老去。
这里倾斜着一条静止的河流。
从额头到脖颈，容纳光，
仿佛器皿容纳水。少女
侧耳倾听，自身暗涌的战栗；
她圣洁的脸上，有月亮和雪
在无法触及的天空闪烁。

此时，观者似乎变成了画家，
用意念描摹一个不存在的模特；

当目光在画框里移动，画笔般
勾勒出这困境中的少女。她
鸽子般的眼眸，永恒地落往别处，
谁都无法获取她的金发和红晕。
即使镜头再慢，呼吸再轻，
我们也只能占有她美的一半，
那另一半，交给这首诗来完成。

2017

她几乎是蓝色的

一支烟的长度
架在她的食指和中指
之间

向上飘，一束声音和气味
隔在我们中间的雾
使她看上去是蓝色的

我见过这样的蓝色
虽然忘了在哪里
在哪一个春天

一小片蜷曲的天空
含云的琥珀
她身体上无限的海

我把这些蓝色
一一装进眼睛，就像
把蜜封进它的罐子

粉的花
擎在她手上

绿的茎叶
与她的脉管相连

她几乎是蓝色的

2017

甜

走吧，美人，
我们去尝那生活的甜。

当我们并肩走进黑夜，
没人知道，这一切正在发生。

某种意象高于你和我的生活：
高不可攀的月亮，总是同一个。

可月亮在天上；我们在人间。
我有你身体的豁口和嘴唇的颜色。

在你身边，我多像个瘾君子，
多想把你身体，你身体里

每一寸血和肉，每一寸骨头
全都吸收。

"别，别轻易说出那个词，
尽管她已完完全全属于你。"

走吧，美人，
旅途有尽头，而我们有一生。

2017

美术馆的少女

你就站在你的裙子和光影里，
像美丽的女园丁在她的花园。
人群是灰暗的，他们像一条
曲线倾向你，尽管隔得很远。

你注视着画中的少女，少女
也注视着你。你看她的样子
正如镜中的水仙："当我久久
凝望水面，她的音容浮现了。"

而我的目光攀登着你的年轻，
一遍又一遍，仿佛我在画你。
某种渴求的美在你身上涌动
海水一般，逃脱我空空的网。

无名的少女，请让我的诗行
将你保存，像一具棺木那样。
多少年后我们全都变作灰烬；
只有你的美，将从这里诞生。

2018

玛格丽特

礼物
少女与甜

圆锥形的高脚杯
盛满纯白的
玛格丽特

喝了这杯酒
我们就可以短暂地
做一会儿别人

高大白净的女子
坐在我们身边
神一样离我们很近

她修长的腿
闪烁在灯光下
仿佛水洗过的大理石

为何把她从石头中释放出来
如果她是那位少女
谁是皮格马利翁

尽管都醉了我们很明白
她永远是若即若离

永远不属于我们

正如这个意外的夜晚
不属于我们
我们只是偶然闯入的陌生人

现在是凌晨三点我得走了
我呼唤一声"玛格丽特！"
她没有转身

2018

娜娜

雨下在
我去找你的路上
雨像一声、一声轻叹
敲击我内心的伞

我记得你曾像一片云
爬上我贫穷的天空
绕我的核心旋转，旋转
你渐渐变小，变潮湿

雨下在
我们紧握的手之间
绵延的雨，仿佛一段旅途
"走过一次就不会迷路"

你彩虹般的身体，流动的
心，一齐涌入我的夜晚
像一捧越喝越渴的酒
充盈我的感官

雨下在
你和我的呼吸里

我们躺在一起回忆的时候
好像漫步太空的宇航员——

声音将我们拉回了现实。还有
欲望的重力，像雪崩前
最后一片雪花，将我们压垮
我们好像死去了，却还能听见

雨下在
你将飞逝的眼睛里
什么也不能挽留住你，连同我的
罪恶；你要走了，不会再来

唉！
一生的时间多么短
我们同时渴望的
堕落，只能这么多

雨还在下
而你已不在了
雨会停的
正如这一切都没有发生

2018

橱窗里的云

像个拄拐杖的流浪汉；
我踩着光，漫游在都市的
奇迹里。每扇雪白的橱窗前，
都耸立一面深渊般的未来：

那令人晕眩的形体，外面看来
只是寂静；层层玻璃隔开了我们。
我，像一把提琴，脱离了琴盒，
被回声似的黑影，笼罩着。

这时，我看见了橱窗里的云。
她灵感般闪现，仿佛刚刚睡醒的情人
睁开了眼睛。她的灵魂，那样轻巧，
从"无"的位置，跃升到天空。

她居住在蓝色的高处，从不以真面目
示人。当我的目光触及她，像寓言里的
盲人摸索谜底；她并不闪躲，任由
这千面中的一面，困扰我的余生。

她有白色的双臂，白色的身体，
形形色色的雪，闪烁着她的美——

玫瑰在风中的战栗，奏鸣曲悬空后
的宁静，以及表达的不可能——

我爱慕这柔软和白色，尽管我无法
触摸；她的爱，对我来说太高了 *。
她将一直存在，而我将不得不离开。
爱会衰老；济慈没有说：她是寂寞的。

* 引自 [俄] 茨维塔耶娃《约会》。

2018

空房间

我和这座城市的某个陌生人置换了房间。她去了另一个人的，而我占有了她的。我的房间，也将这样成为别人的房间；正如一具拥抱过我的肉体，还将拥抱别的人。此刻它布满尘埃，但很快会焕然一新。

世界是一盘广阔、立体、无限的跳棋游戏。我们是两颗差一点儿就相遇的棋子，往各自的方向跳跃。擦身而过，没有交集。也许我们曾在一次地铁的旅行中会面，也许她其实是我朋友的朋友。但这已没机会证实；我连她的姓名和相貌也不知道。如今，她已前往另一个人的过去，并把那里改造成她的"现在"；而我在做同样一件事。

她的过去已经被清空。什么也没有了，除了尘埃。也许，真有那么一个人，曾在这座房间里生活过，又死去。但这里寂静无声，没有任何证据，表明那个人存在过。至少，在我占有以前，有人已经把事物成功转移。

我也是这样，小心翼翼地收纳、隐藏起我的过去。我想起远处那间（曾是）我的房间。我熟悉它内部的每根毛细血管，如同熟悉一座城市的街道。离开之前，我在四壁之间走动，试图把过去的痂一层层揭下，把里面充满的时间和空间，剥离出来，就像剥离果皮和果肉。我吞咽它们，或者丢弃，剩下的就保留在我的箱子里。

在这里，我试图寻找她生活过的气息。那犹如空气中的波纹，尽管看不见，仍能想象：她在房间里移动的轨迹，赤脚迈在地毯上的声音，嘴唇，香水味，甚至阳光和黑暗交替中她身体的轮廓，而这轮廓又与别的轮廓交织在一起……正是为了杜绝我这样的想象，她才要把这里变得空空如也……但这没有用。

在狭长的空房间里，有重重叠叠的时间：我和她，和许多人，平行地生活在这座磁场里，共享这里的一切。但我们的行动总是错位，生活的几何学发生了冲突。在她闲谈的地方，我读书；在她漫步的地方，我静止；而在她躺下的地方，我怀抱着另一个人。我们的举止，就像乐谱左右两页上的音符，近在咫尺又相去甚远——中间的竖线，将我们永远地分隔。我为此感到莫名的沮丧和罪恶，认为是对她的不忠实。但这是一早就已注定发生的不幸。

或许有那么一天，我将真的遇见她，在影片放映之前的电影院，黑暗中的光束忽然漂移，打在她的脸上，旋即转走。而我不会知道那真的就是她。在这持续几秒的闪烁里，她的脸，仿佛一盏透亮的灯笼，四周仍是沉寂的黑暗。那时，我会像一个陌生人注视陌生事物那样，凝视她一会儿，随着黑暗重新降临，又将她遗忘。

2018

新手

情人穿上衣服，突然变得矮小
和平庸；仍葆有一抹少女的妩媚，
像夕阳的余晖。起初你找她交谈时，
已预感到不幸：一场瘟疫在蔓延，
尽管不会抵达第三者和明天。

但她是那么可爱！尤其在水晶柱之间，
她摇摆不定，像水族馆里珍藏的热带鱼，
或静止，像油光水滑、难以接近的猫。
你如何能抗拒那份炽热，当她的欲念
扎向你，像针扎入脉管，通过目光的注射器？

你像个新手那样去做了，像个傻瓜，
为这份爱不必流泪而感到愉悦。
她白净的脖颈上，祖母留下一圈金项链，
此时看上去，更像一个陷阱，拖
拽住你，引你向下、向深。

她呼喊，细雨落向你行进的路；
"你尽力了"，这是再清醒不过的事实。
竖立在你身体里，那株赤红的棕榈树

业已枯萎[*]。现在你可以进入冥想，
不必伤害任何人而置身于问题的核心。

* 引自［美］玛丽安·摩尔《迂腐的咬文嚼字者》。

2019

这些来自巴黎的伞

斜立着，如静物画上的美人；
行星一样悬浮在这间小宇宙。
你静静感受她们的温暖、小巧，
如一次近身又保守距离的舞蹈。

你想象着擎一把这样的伞出门，
天气过分好的时候，就打开她：
她在你手中轻轻旋转，骨头
松开，绽出一枝庞大、娇嫩的花。

你躲在这花影下，像蜜蜂吸吮
源泉，用尖锐的刺，同她游戏。
不像别的事物，你可以清晰地看见
内在结构，再决定是否要爱上她。

伞静止，如一位少女倏然的沉默；
而沉默是一片云，挂在死去的天空。
天空之下：一口裸露的深渊——
她的美和阴影——欲将人吞噬。

你曾迷恋女人的音调。她们身上
涌起的层层线条，一如神奈川巨浪

在你耳边鸣响。这些伞，并不
尖叫，当她们穿过欲望的园地。

礼物
少女与甜

2019

冰糖山楂

这一篮子小小的、沁红的心，
正像我爱慕时的你——
雨水顺着娇嫩的颜色
滴落；也有凹凸，也有伤痕，
也有污秽，我用嘴巴修剪着
这份爱。黑色星辰，银色圆点，
三瓣核：光影过后，棕灰的
晶体，凝结在平面。这团冷的焰火
被擒住，在我舌尖结实地滚动，
硕大如马，甜如玫瑰。
也许太甜了一点，我的味蕾轻轻
颤动，像失重的秒针。

这就是结局吗？我舍不得咽下。
二十多年来，我一再推迟它，
仿佛我一再推迟对你的爱。
天黑下来。诱人的红，浑圆的梦，
你像一截波浪，
翻滚在夜的无边海岸，
而我无数来回，测探你不见底
的深。犹如洞穴中的泉，我们
消失

在这浑然一体的黑暗中……

不会再重逢。

此刻我的心是苦的，不像它们。

2019

海床

醒来时，我们已深陷大海。
四面：海水上涌的声音。
身下是船板，如波涛起伏。

爱把我们置于险境。海平面——
光线如遥远的冰川，
影影绰绰。

雪渗入暝色编织的麻布：
大清早的空气，还无人来洗；
天花板上的天空，高且远。

这一片混沌初开的海域：
被单是帆，时钟是舵盘，
你身上众多的眼睛为我领航。

"暝色入高楼，有人楼上愁。"
新的一天，我们将继续躺
在彼此深处，不知忧愁为何物。

睡在海面上，无人知晓。

我们紧搂着对方，
仿佛船在航行。

礼物
少女与甜

2019

浴室的少女

动作一致，却吹出
千姿百态。她们犹在
抚琴：这些滴水的头发，
切分出空气中缭绕的清音。

浴后的少女们——拥挤
在廊道——许多面镜子和光之间：
如一连串洁白、修长的词，
挺立在两行闪耀的句子之间。

水，从发梢尖滴落……
弯曲的细浪，微缩的圆点；
这水来自西西里岛，来自夏天，
从倾斜的乌黑中滴落……

白藕似的圆柱体，环绕它们，
仿佛剔除了淤泥的诗艺；
水银在黑彩中，自在地穿梭，
形成层层树林间可变的风。

无论迎风或退却，少女们
总是花的姿态。她们知道

自己很美，并且，正在被观看。
但她们驻留在躯壳中，保持元动作。

哦，玫瑰的展览，人造的天堂，
白热的水汽已将时序模糊。如此
亲密：黄色氤氲贴紧桃红线条；
单薄的纱裙，沿着肌肤向上。

（我们应当如何回应冰山
之下的激情？当心的目光
被牵引，却又无法真的触及
那些美好的事物。）

人群走过，我们随天色暗去，
词的目光还滞留在那里：
诗将代替我们观看，
在禁止欢乐的地方——

"语言到抚摸为止。"

2019

公园的少女

每天下午三点，她准时出现
在我右边，不早也不迟。
总是目不斜视：一只白天鹅，
缓缓游过人群淤塞的水域。

（她好像从希腊神话走来：
白胳臂、短裙的金发海伦，
或诞生于浪花中的阿芙洛狄忒？
她的家乡，一定在海边。）

她胸前：轻系一根蓝白色丝带，
像名贵的水鸟，缀着名牌。
迷人的礼物，等待被拆开；
拆开它，如拆开重瓣的花。

（这是我倾心的第几次？
我见过她，早在第一次发生前。
但我忘了，像一条七秒记忆的鱼，
屏息——在她凭空掀起的波澜里。）

她有傲人的双翼，但绝不展露；
一如隐藏起她的智慧和忠贞。

一双匀称的小腿，自裙间舒展开，
似苏醒了、亭亭行动的大理石。

（该如何捕捉她变幻的风姿？
她的美，是赫拉克利特所说的河流
……时刻在流动……
我无法两次同时踏入其中。）

我几乎是被邀请进入这场追随，
凭借她身姿的摆动，辨认出美。
而她总是忽地消失在意识的拐角，
如一阵风，不知来处和所终。

（在她未出现的时刻，我穷尽
色彩和线条，还原她本来的面貌：
宽额，细眉，面孔，两抹腮红，
一双琥珀，凝合了白天和黑夜。）

她是艺术拼贴后的结果，
是千万种爱里一种可能。
她给我怜悯，又给我残忍，
使我哭，我笑，不知如何才好。

（或许，我钟情的只是个幽灵，
因为不曾找到她存在过的证据。
但有时，片刻的踪影又给我信心：

她确实，我的爱也无疑。）

我以镜子般的耐心守候她。
直到有一天，她再次走来，驻留，
闯入我目光的森林，像一匹马，
漫游在无限延展的林间道路……

（这时，记得用墨水的诗行，
一行行，将她拆散然后再编织。
让她的美，在道路尘埃般消逝前，
在一字一句的消解中，凝固。）

2019

黄玫瑰

玫瑰娇嫩，因而残忍。
我无力侍奉这从天而降的花朵。
这尖锐的天使，淬炼过的光。
我甚至没有花瓶去安放她。

一天天，我冷眼看生的气息
在桌前衰弱。她的容颜
是某种行将失传的语言，
来不及书写，就干燥、枯萎。

她耸立在无常的空气中，
任由时间鞭笞形体。
那空空如也的花枝，
如维纳斯的断臂。

2020

橱窗里的少女

再来时，已不见那些少女。
她们端坐在记忆里，如
巴黎街边橱窗，亮起两盏灯：
温暖近在咫尺，却隔上一层。

我无从知晓她们的名字，
也不知这夜晚和香槟的来历。
多少年了。多少时辰，像樱花
在风中萧瑟、飘荡又重返。

多少词已枯竭。我却还记得她们：
在记忆的圆光下，羞赧地接吻。
这些姣美的使者，使人想起
夏天水族馆里嬉戏的海豚。

爱的深海，无人来问津。
多少人，来来往往，曾像我一样，
看一眼就走过去；对此
她们毫不知情，也从不在意。

2020

新年芭蕾

在渴望中我们开启了新的一年。
黑暗迫使我们不分离，并且凝视：
那些天鹅般的事物浮现。

音乐响起时，我们俩的手臂相依。
像花园里长出一对蔓生植物，
因为风的缘故，偶然贴合在一起。

忽然间我们就老去：两颗邻近
又遥远的恒星；我掌握你的方位，
并把你变幻的姿态，排列成星座。

今夜，你将从星空平躺成大地。
我以农夫的身体耕种你，清点
所有洁白的山脉与河流——

——化为我掌心的道路；
我如此习惯于你存在，
以至我忘了说：我爱你。

暂时不去呼吸，而是静候奇迹。
当台上男人和女人再度相拥时，

我们的心也被紧紧攥到了一块。

正如两枚拼图，形成一粒
完整的种子。"是的，我愿意"：
以枯萎的真理，换取绿叶的激动。

一再熟悉的事物，再一次发生了。
魔术师的把戏，总令恋人们惊奇：
最白的鸽子，从黑帽中飞出来。

唉，这些不知疲倦的舞者——
告诉我们：仍有爱，仍有美，
仍有未名的花朵值得追寻。

音乐，是我对你的守候。
让我们开始相爱，在生命
这场迅疾的舞蹈结束之前。

2020

3.

城市和白鸽

新雪

醒来：黄金的冬天透过玻璃，
照进房间，钉住了时钟。
衣帽、镜子和鞋……仍在原处，
它们渴望我穿上，成为昨天的人。

世界在下雪，你在我身边熟睡。
对于突如其来的幸福，我们
总是一无所知。时光凝结在窗上，
仿佛我们不会衰老、流逝。

寂静和雪一起降临：一切是洁白的，
包括风，包括我们。天空初蓝的眼睛
在地平线上闪烁，大地的建筑
蜷缩在梦境里，像动物蜷缩在毛皮下。

我重新睡去，不敢惊扰室内的星辰。
那份秩序来自远古，并仍将持续——
什么事也没有发生；除了一阵最轻微的
呼吸，把我变成了另一个人。

2016

如果天空

如果天空才是这个世界的海平面
那么古希腊和古罗马也不过是其中
两块礁石；天空一无所有的蓝色
在此刻毫不费力把我们征服

即使有风，天空也并不汹涌
它平静的蓝色很高，阴影没有刺
无差别地覆盖每片土地
所有统治者都应当向天空学习

天空的蓝没有重量，就这样悬挂着
在我们头顶，在生前死后数亿年
甚至更久。永不坠落的天空，正如
最后的审判中不会敲响的木槌

天空蓝得如此彻底，使我相信
必定有一个蓝色的神，在看不见的
深处。被俯瞰的我们：一根根
脆弱的芦苇，得以在大地上延续

呼吸这蓝色。我置身于空气的海洋
感到溺水者的幸福与战栗。每一片蓝色

都似曾相识，都轻轻拍打我

像许多年后一场雪，像旋律中的音符

一齐飘落

2016

听柴可夫斯基

左手和右手之间，隔着音乐；
我们交出心，任乐手们弹奏。
他们对待乐器的方式，好像
情人的身体：雕刻这金色的
感官，使她们完整并且绽放。

音乐是一层层楼梯，领我们
通往另一重现实。仿佛画中
那些飞翔的男女，感到死亡
可以如此轻盈。随弦乐上升
心坠入辽阔，灵魂楔紧灵魂。

听见与听不见之间的，是美；
巴别塔毁灭，人类还有音乐。
当音符从云端跌落，如骰子
掷入心室，肉体接近不存在，
共振成，这乐章里一抹色彩。

恋人的心，只为另一颗占有；
缪斯奉献回声，从来不保留。
自由平等，高于面包和爱情，

我完全赞成，并且更赞成美。
如果美有刑罚，何妨再多些。

礼物
城市和白鸽

2017

雨中曲

声音熄灭。舞台上幸存的灯光，
让我们所在的场所变得亲密。
琴弦来自海深处，预感中的雨水
终于降落到我们身上，骨头
颤动着醒来，来到了此刻：

音乐会在春天的雨中奏响——
笛、提琴、簧管、小号、定音鼓——
这些数学的形状，这些金色的耳朵，
在乐师们手中，被拨弄、制造出
清洁的旋律，和雨一起充盈这温室。

像湖泊拥有同一片天空，我们
拥有同一片屋顶：在音乐的房间，
每个人做自己的梦，连血液
也感受到起伏；空气是自由的，
我们心上的穹顶轻轻旋转。

雨落在房间里。似曾相识的雨，
千百年前，也曾落在与你我相似的
陌生人眼里。那时还没有音乐会，
他从哪里听见了这奇迹的歌？

他像领受圣餐那样领受它。

在历史和无常面前，我们同样是
被雨溅起的尘埃，承受匆匆的
痛苦与爱，轻易陨灭的生活。
而雨水并不懂得这些。它像时间
没有记忆，只是一次，又一次地

发生着。短暂的空白过后，
雨和旋律重新进入我们。耳畔
寂静水珠一样滑落，带来
潮湿的香味，回忆和盐：
音乐有一副自己的感官和心。

雨继续下，在没有尽头的世界，
在没有出口的夜，在我们体内：
黑暗和光交替，像钢琴上
黑键和白键，像一片云和它的阴影；
灵魂并排坐在阴影下，用耳朵触摸音乐。

真实的光线最后降临，把
全部雨水收回它透明的伞内。
现在，雨离开了这里，真切得
像一场死亡。我们将被留在原地，
如同大海退去，那些被留在岸上的贝壳。

2017

回音湖

水下的世界无疑更加真实。
那辆车停在近处，红蓝闪烁的
灯交替照亮酣眠的植物。
这无来历的夜，内心的黑暗
上升，渗透 1/3 画布。一根银带
系紧两个相反的世界；
男人穿白衬衣红领带黑裤子
踩住了湖深处的自己。

水下的世界无疑更加真实。
双手托举面孔，张开嘴，
当痛苦变成一记元音，滚向
湖面，又像粒球旋回他的躯体。
那张未成形的脸，绝非倒影
而是来自另一个世界的凝望；
人只能进入一次河流，他无法
像耶稣一样在水面行走。

水下的世界无疑更加真实。
要在这支色彩交响曲中，辨认出
自我并不容易。从倒转的方向
湖水延长了你的一生。水中人

像片落叶紧贴潮湿的蛛网；
当你出神的瞬间，他会再一次
走出湖面，揭下你的轮廓
穿在身上，把你放回最初的位置。

2017

星空

寂静把我们推向"猎户座"，
身体似乎在上升。云朵般宽阔
的沉默溢出了画布，面对
这些陨落的数字和银色的纤维，
除了深入我们别无选择。
沿着植物的道路——
从黑暗中破土而出，像爬一个坡
缓缓升入愈来愈白的茎秆，
然后停下来，等待
一个信号，把果核内透明的
血液输送到系统的各个器官。
这样的形成或许要亿万年之久。
但就在我们观看的时刻，
天空的湖泊已经干涸，花瓣上
死亡映射了万物；星座在萎缩，
几个灰色光点缀连起木乃伊：
一具比我们更小的尸体，在眼前
述说着宇宙的生、老、病、死。
星空破裂了，那些花萼上的眼睛
曾经比人类更多，比黑暗更美，
如今全变成明亮的霉斑和晦涩的碎片。

它们飘浮，被遗失在时间和空间
之外，凝固成大气中小小的泪水。

2017

在动物园观赏鸟

十, 二十, 三十只
这么多鸟, 同时拥挤
在玻璃房内一棵假树上

二月的阳光
从铁丝网眼里渗入
血一样黏稠、单薄

我们站在玻璃外
看鸟在假树枝上静立
在被绞住的天空下飞来飞去

在凹陷的内部
山水从四壁包围着它们
像猎犬包围着猎物

当绿衣饲养员打开门
走到这些生命的后面, 把
黑色玉米插进灰树枝

如此重复了三次
她肢体的摆动, 熟练优美

像做着一套无声广播体操

从一棵树到另一棵，鸟
啄食着人为设计的果实
仅仅出于活下去的习惯

它们吃、它们睡、它们飞
日复一日，从一个位置抵达
另一个，精确地度过了一生

隔着玻璃，世界被分成
两块相似的房间
鸟寄居在我们的对面

（自由是危险的。尤其
当我们的食物来自别人
这时，对天空的追逐意味着死）

鸟，看着我们
站在大厅中心，我们
的内部在凹陷……

生命的热情原来毫无必要
我们同样从一根树枝
跃向另一根

2017

未遂的雨

出来的时候，雨已经
停了；地面的水渍，
表明它来过。这些湖
铺展它们的空与冷，大不过
一片玻璃。我们走在玻璃和反影
中间，风摇动叶片，雨点
落下，破碎的声音
像瓷器。某种强烈渴望的东西
拒绝了我们，吸引，又推开，
正如一块急转的磁铁：
一次未遂的雨。
磁场仍在。我们移动
在空旷里，在时间里，
进入树和天空的界面，分开水汽和云
就像分开春天海岸的流沙。
没有什么被破坏，也没有什么完整；
一些事物正从我们身上剥落，
而我们还不了解那些名字。
雨重新开始。像针刺破了大气；
眼前的一切，街道和身体
将越来越潮湿。我们继续
走，不知道它什么时候会停。

2017

意外

走出门外，一些细碎的白色
飘落到我身上。这时我才看见
数不尽的云的花瓣，在空中
轻盈地飞旋，仿佛冬天的灵魂。

——"在下雨？"
——"不，在下雪。"
脚步声催促我离开，像车踩下油门
离开事故现场，驶向安全地带。

但悲哀的重量不增不减，正如
雪以同样的速度降给每个人。
在这虚无之间，无论我怎样移动
都只是众多十字架中的一个。

而空气是无罪的。当我冲破它，
它反过来维护我身体的平衡；
我放慢了步伐，想到一生中
还将迎接许多场这样的雪。

2017

春

几乎一夜间，我们
来到春天的下面。
时间绿的轮廓在树上舒卷：
不可企及的高处，它们
在日光里流动、闪耀，
如群星在夜空里回旋。
星空下，各种色彩的波浪
迢递，香气比欲望来得浓郁；
禁闭了一整个冬季的眼睛，
此刻渴望着花。
无数光点喧哗成一座海，
春天裸露，毫无保留；
眼睛触碰到的一切，都变成
水，带着琥珀的温暖。
没有什么不值得被赞美，在春天，
即便有人死去，天空不留阴影。
死亡后，重生的白色石头，
将比我们更持久。

2017

哈利法塔与白鸽

沙漠的心中，矗立一片静止的
飞翔。哈利法塔，像一根尖针
凝固在眼眶。这尘世最高的建筑，
混合着钻石和汗水。阿拉伯的风，
天边的云，远去，塔仍在。

白银的瀑布，凭空倾泻。原是
一朵蜘蛛兰，从酋长的梦中爬出，
到荒凉处扎根，长成资本的
参天大树；玻璃和钢筋的交响乐，
喷泉般升起在这广袤无边的蓝色。

哈利法塔，孤立成一枚劳作的
惊叹号！多少人为之死去、疯狂。
没有什么是不朽的。但它
雄伟的躯干，冷的激情，教人怀疑：
它能抵御时间的暴政。

一只白鸽，位于哈利法塔和我
之间。它在高楼上漫步，教皇般
昂首，庄严，不动声色；仿佛
它才是万物的中心，此外的宇宙，

包括哈利法塔，都不过是背景。

像一座寺庙：洁白，高远——
白鸽一尘不染，飞到半空中，
如一双手，聚拢起云的形状
和雪的轻，然后合十祈祷，
缩身于一副血肉之躯。

它对世上正发生的一切都漠然。
摇曳自己的尾巴，啄食自己的羽毛，
低下头，就再次蜷缩回到柔软的壳中。
比起内心的果实，人间的事务
似乎很少有什么值得抬头看一眼。

在哈利法塔与白鸽之间，我如何选择？
或许我能在征服天空的同时，
为自己的心建一座避难所。可是
离钱越近，离教堂就越远。尽管有人说过：
"金钱，也是一种诗歌，它有玫瑰的气息。"*

* 引自〔美〕华莱士·史蒂文斯《徐缓篇》。

2018

金鱼水缸

一

从水到水
就这样结束了一生
金鱼的梦是短暂的
而它并不悲哀

以遗忘对抗重复
这是金鱼的生存法则
穿行在水藻、砂和假珊瑚之间
它本不该去想明天

金鱼受困于水的重力
仿佛西西弗斯受困于巨石
每天它载着同样的目标游动
从这头到那头旋即又回返

鱼的欲望与人类相似
痛苦、无聊和繁衍
小小的鱼缸已是无限的世界
它得学着征服这无顶无底的时空

水的线条正如一道莫比斯环

已经历的和未经历的
部分压在鱼的形体上重重叠叠
压出五彩斑斓的纹路

仿佛冥冥中自有指引
仿佛星象家所说的宿命
鱼一生的轨迹汇合成一道绳结
死亡是唯一的解法

当别的鱼被悬挂在命运的鱼钩上
像一小排耶稣被悬挂在十字架上
水缸中的金鱼或许会庆幸
还拥有水和水的智慧

二

水的尽头是玻璃
鱼在玻璃和玻璃之间游动
玻璃使它们无限地繁衍
好像许多双眼睛在闪烁

在更多眼睛里
一条鱼被复制成了一群
而鱼群被复制成了另一群
水缸因此有了无数条鱼和它们的游动

但并不拥挤

这里的天地广阔
这里的水柔软又坚实
即使撞上了玻璃也不过是变硬的水

四面高大而不可逾越的水
金鱼的瞳孔深处
矗立着我们的缩影
它凝视我们仿佛一面冷酷的镜子

我们同样在鱼缸中生活
玻璃喂给鱼群的
正是现实喂给我们的
一份优美、宽广、温暖的镜像

鱼比我们更冷
而我们比鱼更无知
一生是缓慢的石化
水会越来越少而石头会越来越多

就这样生活
在水和水的衰减中
我们透过玻璃
看见了外面的世界

2018

云的断章

没有比云更圣洁的动物
也没有谁比它更残忍
云是天空的白日梦
倏然出现又消失

云落在眼睛里
拉近了人和天堂的距离
如果所有云只是一朵
那么所有人只是一个

四角的天空朝云拱起
又匍匐在它的边缘
无人能定格云的本质
它是丽达也是天鹅

云是美的教科书
洁白的形体始终饱满
云柔软仿佛一种欲望
使人深陷没有止境

云在不变之中变幻了
像思想一样不断被改造

持续一生的凝视
也不能将它固定

礼物
城市和白鸽

"云只是一个象征"[*]
没什么特别的存在
云只是在那里
这就是全部了

* 引自［法］斯泰凡·奥德吉《云的理论》。

2018

在海河边
——给仁浩

春天很慢，顺着暗哑的河道拐弯
水，凝结成死亡的 X 光片，
拷贝着影像。一些紫色圆点
滑向我们，它们有辽阔的双翼，
有红色坚硬的嘴，轻快地来去，
像一小群喷气式飞机（冒着冷烟）。

水面：一幅冰封的世界地图。
地壳在运动，伶仃的岛屿
在漂流；这水中墙，一道道
拆散又重建。墙在风中变幻，
碎的钻石，坠落的星辰，
被歇脚的水鸟当早餐。

我们说，比鸟更自由——
它们是飞兽而人类是上帝。
但鸟轻轻跃起，就越过了我们
和文明，越过了这地表的一切。
桥，一只更巨大、哀伤的铁鸟[*]，
像卡夫卡的眼睛，将我们凝视。

---

* 引自［瑞典］托马斯·特朗斯特罗默《写于 1966 年解冻》。

倒影把建筑物囚在水中，那是
另一重世界：永远无法进入。
若我们是大卫·霍克尼，可以用画笔
完整打捞水下的印象；
若我们是奥尔弗斯，可以凭歌声
从地狱中去而复返……

然而，我们什么也不是。
我们只是这冬日里，两个旅人：
背着手，望着远处的孩子
迅疾地将球抛掷天空，在降落以前
跑到河边，变成两个正在打鱼的
青年男子，而后是中年，爬上了岸。

在河流的不同阶段，
我们瞥见了不同形象的自己。
但在静水深处，一个未曾注视到的
地方，事物的本质已悄然变化。
我们攥紧冰块，像攥紧冬天的一角：
这枚剔透的心，容纳了整座海河。

2019

在颐和园

向后退，朱红宫殿和青青垂柳向后退。
四面水波朝我们涌来，形如一场埋伏。
我们划过十七孔桥，划入古典的湖心，
像皇帝和他的水工，将这昆明湖游赏。

浑然在眼前，南湖岛似一块水制的玉：
几乎真实，几乎碧绿，几乎触手可及。
小船乘东风，两双脚掌踩动湖的踏板，
你我绕岛屿打转，陷入历史的怪循环。

风物远在天边：云速如箭，山影横斜；
河流返还给人类的，终究是人类自身。
置身于蔚蓝色中心，我们领受着苍翠
的抒情；四壁满是风，是水，是回音。

2019

散步的云

我想记住这些云。记住
这些美的名字，记住这些
屋顶上终年不化的积雪，
这些住进蓝色躯体里的心；记住
风：肋骨间突然地心跳加速。

春天是一座楼，云在楼梯上
诞生；在梯子顶端——
我们看得见、摸不着的深处。
蓝到了极限，就爆裂，就有了云
……在通往天空的路。

云和阴影并生，像双重编织的
花环，植物和它的姿态；
像旗帜和风，杯子和水，
坚硬的和柔软的，共处一室：
一对孪生的姊妹[*]。

云天静止，半轮月亮似有还无。
一只喜鹊，穿过我的眼。更远处，

---

* 引自〔俄〕曼德尔施塔姆《无题》。

一个云点画出一道笔直而细的线。
云散步，我也散步；云携我
我写云，在白茫茫宇宙中漫游。

我要记住这些云。记住
这些美的名字，记住这些
屋顶上终年不化的积雪，
这些住进蓝色躯体里的心；记住
风：肋骨间突然地心跳加速。

2019

阿布扎比清真寺

如此沉静：这里并非峰顶，而是平地。
纯白的建筑群：绿草地上
一枚奶油蛋糕；马奈画中
那位穿白衣的神秘女子。

热天午后，这里看不到白衣女子。
男子和女子并排走：像午夜和白昼
隔着距离。阴影也变得庄重起来，
在他们身上，仅仅作为事实而存在。

圆顶如帽，巨塔刺进天幕，
拱廊笔直，光影协奏成曲。
天地之间，除了圆锥、圆柱和球
的形状，还有毛毯般齐整的寂静。

我们从闹市移入寂静深处；脱下鞋，
在寺内铺天盖地的花纹中走动：
这些来自石头的花——
彼此重叠、交错和纠缠——

追逐似地从一处溢出到另一处，
虽不是圆，始终像泉的环形完满。

我们行在地上，如同行在花上；

花朵：沙漠中唯一的信仰。

礼物
城市和白鸽

2019

日出

一天最初的火焰，升腾而起。
来得这样奇巧，仿佛一个人
一生中，最辉煌的时刻
还未降临，但已初露端倪。

日头翻过清晨和海水，
攀上更高的云层。
这金色的国度急遽廓张，
无人敢用双目去凝望。

太阳继续上升，越升越高，
高出所有人视线。
它已来到人世间的穹顶，
再没什么能阻挡那灼热的光。

但太阳终究会落下。从黎明
到黄昏：大海，远方，无穷的人们永存。
"我们有免于恐惧的自由……"
这是我内心微弱回响起的一支歌。

（此时日光正盛；我的心
如同每个人，受到同等煎熬和拷问，

像钢板上翻覆煎烤、脱水的鱼：
我能忍受这一切吗？我能超越这一切吗？）

……一支穿越了黑暗，重又在光明中
变得嘹亮的歌。它唱：永远都不晚，永远
都不晚。穿越黑暗，需要花点时间；
穿越光明的迷障同样需要。

2019

海的戏剧

陆上的事物骤然起了变化，在海水间：
大人变成小孩，拿起水枪、木锹，
遍寻四处，捕获可能的巨兽；
小孩变成国王，开疆拓土。

海是另一片蔚蓝的国度，
尘世最柔软的天空，浸染其中——
像神把某种旨意置于水面，
变成这颗星球蓝色的起源。

海的远方，并非海。你会看见：
越远，海越蓝，越接近于虚幻。
海平面是一个永恒的谎言：
从来引人前行，从不见底。

层层海水上涌，如一阵晕眩；
不知疲倦，日日夜夜地卷积，
它不断呼唤我内心的水域：
另一片宽阔、未曾显形的海。

2019

冬日

"害怕风把我们吹成虚无。"
在如此意念制造的风声中，
我醒来，并希求你存在。

四周只剩下四面墙。风
起于一根树梢的尽头，长成
巨浪，来回拍打这封闭的岸。

房屋：一艘木船，
满载风的意志；我躺在
它怀中，任其漂流。

世界，忽然间变得很小：
小如一只巨手旁的雏鸟，
被精确地攫获。

墙上的画，梦醒似的打哆嗦。
画中人脸部笑容消失，
从高空跌向现实。

我听见一声落水的呼救：

"哦，有人正在被淹没"——
那喊声似乎来自我自身。

2020

街树

这些树木比我们更富有耐心。
像垂钓者，更懂得如何忍受

生活的无常。譬如，在春天
尚未到来的时刻，一阵狂风

卷起黄色尘土，枝条们几乎
被拽着飞翔，根还紧紧抓住

原地。枯树伸开赤裸的臂膀
朝天祈祷，那些可怕的豁口

亟待填充什么，但无可奈何；
只能像无神论者，搂抱虚空。

如此俟候着，不论春秋更迭，
它们不动声色地挺立，维持

一种立正姿势，像一个思想
在暴风骤雨击打中一如往常。

2021

下雪记

雪总是忽然来到的。像此刻
透过窗，我看见天地皆白。
许多雪点顺着风向，游荡，
拐入迫降的航线。我们和雪
一样，只是沧海中的一粟：
众多，无名，且身不由己，
排着长长的队列，往下坠；
飘飘乎就结束了一生。

雪总是忽然来到的，又总是
忽然消逝。入梦，醒来，
发现周遭事物保持原样。
尽管我们还会记得：雪，
昨天的路，路上的车辙。记得
寒风里行人的足迹，冰冷的树，
和一群孩子尖叫着把积雪撒入空中。
这种种飘忽、存在过却来不及展开的
旅程。

2021

铲雪

一声声，如时钟摆动，
迫入我心灵的耳廓。
这片刮擦原野的音响，
像有人正在驯化羊群。

滞顿的重击，同样敲打
在我听力的鼓面上。
这令我想到：人的耳道
和那些不安的音符之间

一定有一道长长的滑梯，
倾斜而稳固。外部世界
就是这样，一次再一次
滑进我的耳朵。

那积雪，不只是在外面，
也有可能在室内。比如说，
恰好聚集在我脑中的花园：
一堆铁铲绕着雪人打转。

雪块在铲上翻滚，然后
静止不动。这些卧倒的形象，

仿佛灵魂在盐里浸浴过
多次，变得缄默、平息。

在寒冬肃杀的年代，
仍有人铲雪，并且喝令
惨烈的风，让雪消退，
裸露出黑色荒凉的大地。

铲雪声在每个清晨响起。
如声声焦灼的呼喊……
来自某处被禁锢的铁屋。
我总是忍不住靠近，又走远。

2021

天空之蓝

冥想尽头的蓝色
似崇高的大理石柱
突起在神庙的入口

它镇定地悬挂于天穹
不含一丝痛苦
仿佛大地剥尽盐味

它稳固于恒常的变幻中
偶然间泛起浮云
不会干扰心灵的秩序

这里摆脱了野兽的狂风
也卸下悲欢的骤雨
只有一道蓝色舒缓的坡

无限的蓝化为目光铺展
那些平和的色彩允诺
跋涉之后恒久的宁静

这片蓝色只为我闪耀

朝向这纯粹的终点

我的生命静静地航行

2021

博尔赫斯的月亮

漆黑的 CD 封面漏出一粒光点：
一个雪色、小巧的〇。
这就是我眼里的月亮。

每次看见夜空中的月亮，
我都会想起博尔赫斯，感到
"一个人久久地望着孤月的悲哀"。

要有多少的黑暗与爱，
才能写出这样的诗？
我愿意用一生换一个句子。

月亮在辽阔中绽放清辉。
像一枚璀璨的硬币，
孤悬在黑夜的金库之上。

今夜，我用双手摘取月亮。
月亮在眼中分化为两个，
一个在天上，一个在手里。

虽然博尔赫斯只有一个，

但博尔赫斯的月亮和悲哀,
仍可以被我们拥有。

礼物
城市和白鸽

2021

白鸽

雪地上的白鸽比雪更白，
像一朵云在冰面滑行。
花园刚下过雪，一只鸽子
游走于白色的分岔小径。

它身上是无人踩踏过的雪，
保留了源流的轻柔与寂静。
它移动着二十四帧影像的光辉，
比追逐它的少女还要纯洁。

鸽子身在雪中，但脱离雪而存在。
像一个置身于人群中的个体。
它的心比身的疆域更辽阔，
自成一个不受搅动的宇宙。

世间可有比这更浑然的事物？
这尊小小的白金塑像，
如达·芬奇绘制的立体几何，
始终在运动中，恪守美的尊严。

2021

白云烟囱

白色巨塔似的圆柱体，
支撑着整座城市的天空。
它们赤裸的形状
蕴含力量，能令事物起死回生。

万物的灰烬像鱼儿游过
修长的甬道：一条拉撒路。
随后，一朵朵新鲜的白云，
从雄浑的烟囱口鱼贯而出。

不妨想象，这根烟囱的内部
有一座造白云的工厂。
正像批量生产粮食一样，
批量生产着白云。

一片又一片无尽的云，
柔软地滑过流水线，
被浇铸、吹制和装饰，
形成千百种水晶，袅然升起……

阵阵余烟般的叹息，
升向灰蒙蒙的天幕。

它们终于抵达天堂的入口，
奋身一跃：化为云朵或粉齑。

当我们看见美丽的云朵，
可曾想到：那底下有无尽的尸骨？
困难的美从泥泞处诞生，
它们还将迈入新的重重困境。